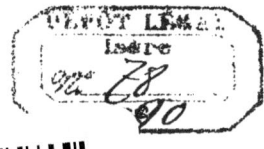

DE

L'Art de la Parole

AU BARREAU

Discours prononcé à la séance solennelle des Conférences
le vendredi 16 mai 1890

PAR

CHARLES RIVAIL

AVOCAT A LA COUR D'APPEL DE GRENOBLE

GRENOBLE

IMPRIMERIE ET LITHOGRAPHIE F. ALLIER PÈRE ET FILS
Grande-Rue, 8, cour de Chaulnes.

—

1890

DE

L'Art de la Parole

AU BARREAU

Discours prononcé à la séance solennelle des Conférences
le vendredi 16 mai 1890

PAR

Charles RIVAIL

AVOCAT A LA COUR D'APPEL DE GRENOBLE

GRENOBLE

IMPRIMERIE ET LITHOGRAPHIE F. ALLIER PÈRE ET FILS
Grande-Rue, 8, cour de Chaulnes.

1890

DE L'ART DE LA PAROLE

AU BARREAU

Monsieur le Batonnier,

Messieurs,

De l'art de la parole au Barreau. — Certes ! le sujet n'est
point neuf. Souvent il a été traité, surtout dans des solennités
comme celle-ci. Les documents abondent. Plusieurs auteurs
ont, dans tous ses détails, étudié la question. — Cependant, il
peut paraître que les uns l'ont envisagée à un point de vue
trop exclusivement classique, trop « cicéronien », et que les
autres ont trop uniquement considéré l'avocat politique ou
l'avocat d'assises.

Avocat ! — On voit de suite Démosthène, Cicéron, leurs
plaidoyers, — surtout les nombreux commentaires lus et qui
vous les disent admirables, — ou, sans remonter aussi haut,
les avocats de la Révolution, puis Dupin, Berryer, Chaix-
d'Est-Ange, leur éloquence, leur rôle, leur influence ; à l'esprit
apparaît l'avocat, toujours ami de la liberté, qui la défend, et,
dans un grand procès politique, remue toute une nation ; on
entend les accents de l'éloquent défenseur, qui arrache à la

justice un innocent, faisant éclater des tempêtes sous les
crânes des jurés, soulevant l'émotion, emportant l'enthousiasme !... — Et, lorsqu'après cela on se considère, — avocat
plus ou moins modeste, n'ayant que peu de points communs
avec les orateurs d'Athènes ou de Rome, ne pouvant que de
bien loin imiter les Berryer ou les Lachaud, se sentant incapa-
ble de soulever l'opinion ou de faire couler la moindre larme,
— on se demande si vraiment on est avocat, et de vous s'em-
pare un découragement, fait de désillusions et d'impuissance,
qui pourrait être fatal.

Sans doute, instructives et utiles sont les études qui nous
initient aux beautés de l'éloquence et nous commentent,
comme pouvant nous servir de modèles, les chefs-d'œuvre des
grands maîtres anciens qui ont porté si haut l'art de la parole,
— ou, plus exactement, l'art d'écrire ; nécessaires, — surtout
à notre époque où la foi aux généreuses idées semble se per-
dre, — sont les ouvrages qui nous disent le rôle des avocats
à travers les siècles et nous rappellent les gloires du Barreau
français ; encourageants sont les auteurs qui retracent les
origines, suivent l'évolution, affirment les principes du droit
sacré de la défense se dressant devant la justice pour discuter
l'accusation, démêler la vérité, peser les culpabilités. — Mais,
peut-être, est-il possible d'émettre encore quelques considérations intéressantes sur l'art de la parole au Barreau, en se pla-
çant à un point de vue plus vrai, plus pratique ; en recher-
chant, — après avoir brièvement noté les opinions émises, à
tort ou à raison, dans le public, au théâtre, dans le monde des
gens de lettres, — ce qu'est en réalité un avocat exerçant la
profession d'avocat ; en établissant qu'un but essentiel de cette
profession est d'arriver à bien parler ; en indiquant les condi-

tions indispensables pour atteindre ou essayer d'atteindre ce but ; en montrant, enfin, que c'est dans l'amour et le culte de l'art de la parole, une tendance d'artiste vers le Beau, que l'avocat puise sa force et sa supériorité, qu'il trouve son explication, justifie sa nécessité, assure surtout l'avenir du Barreau.

Il n'y a pas encore bien longtemps, le peuple se faisait de l'avocat une idée qui était juste au xvie siècle, alors que, pour réprimer la prolixité des avocats, des ordonnances étaient nécessaires. A propos de la question la plus simple, c'était un débordement d'érudition ; pour être écouté, tout discours devait d'abord être interminable, puis plier sous le poids de citations romaines, grecques, juives, voire mythologiques : Jupin, Moïse, Homère, Démosthène, Cicéron, Virgile devaient figurer au débat. Aussi l'avocat est celui qui, pour le vol d'un chapon, fait intervenir les Césars, les Macédoniens, la Politique d'Aristote, la Lune et le Japon. Cette opinion, — sans doute exagérée, mais cependant un peu méritée, — persistera pendant les xviie et xviiie siècles ; elle ne commencera à disparaître, en partie, qu'au début du xixe siècle, avec surtout la suppression des plaidoyers écrits.

Aujourd'hui, dans le public, on parle beaucoup des avocats. On les discute. Il serait curieux de recueillir les appréciations émises sur eux, sans oublier les ridicules qu'on leur prête et les traits qu'on leur décoche. — Les uns trouvent qu'ils gagnent trop d'argent, et trop facilement, pour, en somme, débiter des mots pendant une heure ou deux, et ils les ont en très médiocre estime, ne pouvant s'imaginer comment deux confrères, après avoir discuté, souvent très vivement, devant des juges, ont le front, à la sortie de l'audience, de se serrer amicalement la main. D'autres, plus nombreux, se refusent à admettre que, sur une question de droit, un avocat puisse plaider, presque indifféremment, le pour ou le contre ; dès lors l'avocat est un homme « parlant pour qui veut, tant qu'on veut, sur ce qu'on veut ». Que dire des gens auxquels leur paisible et facile pratique du bien interdit de connaître le cœur humain avec ses faiblesses, ses douleurs, ses entraînements, ses colères, ses excuses, et qui trouvent monstrueux qu'un avocat ose employer son talent à implorer la clémence des juges ou à réclamer l'impunité pour des misérables dont la culpabilité n'est pas douteuse ? Et ceux qui détestent les avocats parce qu'ils sont une corporation, ont des privilèges, un monopole, et qui, considérant l'ordre des avocats « comme un des derniers vestiges des temps néfastes », en demandent la suppression, — au nom de la liberté, bien entendu, — soit, parce qu'ils voudraient bien exercer, sans contrôle, une profession que leur défend leur indignité, soit, parce que, de nos jours, on a toujours l'air d'être quelqu'un, lorsqu'on demande la suppression de quelque chose. Il faut prêter plus d'attention au mécontentement manifesté, de façon assez dure et malicieuse, par certains qui attribuent, à tort ou à raison, les retards apportés dans la marche des affaires publiques à l'envahissement par les avocats de nos assemblées législatives : pour être justes, ces citoyens devraient remarquer qu'il y a, sans doute, versés dans la politique, beaucoup de licenciés en droit, — mais peu d'avocats.

Si, maintenant, laissant de côté ces appréciations quelque peu malveillantes, on interroge la masse du public, on voit que, dans l'opinion générale, un avocat est avant tout — pardonnez l'expression — « un monsieur qui parle ». Parler est en effet, pour l'avocat, la résultante de son instruction, de ses connaissances, de ses aptitudes, de son travail : c'est sa raison d'être. C'est là une première constatation à retenir, car la parole est bien le trait caractéristique de l'avocat, ce qui le distingue, et c'est à la culture constante de l'art de la parole qu'il doit apporter tous ses soins, soit dans l'intérêt de sa réputation personnelle, soit dans celui du Barreau, de sa supériorité, de son avenir.

Au théâtre, les avocats généralement ont un beau rôle. On trouve bien *Maître Pathelin* et les *Plaideurs ;* mais Molière, qui cependant a la main dure, ne les a point malmenés ; au contraire, il dit d'eux : « Ils s'imaginent que c'est un grand crime de disposer en fraude de la loi, ils sont gens de difficultés et sont ignorants des détours de la conscience ». De nos jours, l'avocat mis à la scène est, le plus souvent, un personnage sympathique : tantôt, c'est l'homme à bons conseils qui amènera, par son habileté, et à la grande joie du public, la punition du « traître » et le triomphe du « grand premier rôle » ; tantôt, il est tout de dévouement et de sacrifice, met son talent et son énergie à défendre la « jeune première » et à l'arracher à ses ennemis. Il est un peu comme les « ingénieurs » de M. Georges Ohnet : il a toutes les qualités, il est fier, il est vertueux, il est désintéressé, il est fort ; « chez lui, la passion est brûlante et contenue, il flambe en dedans », ce qui est le comble de la distinction, comme le fait remarquer M. Jules Lemaître ; de plus, étant avocat, « ses phrases se balancent comme des fumées d'encens ». Il faut bien excepter quelques vaudevilles modernes, dans lesquels on voit l'avocat conseillant toujours à son client d'avouer, surtout quand il n'est pas coupable, pour gagner l'indulgence des juges, et l'avocat qui s'est fait une spécialité des divorces, mais plaide toujours pour la femme. Quoi qu'il en soit, et sans pousser plus loin, on peut dire que le théâtre n'est point méchant pour les avocats, — et cependant ils touchent de près aux gens de loi, pour lesquels les auteurs dramatiques ne sont généralement pas tendres.

Beaucoup d'écrivains, et des plus célèbres, ont parlé des avocats ; la plupart sont sévères. Une certaine rivalité a, en effet, toujours existé entre l'avocat et l'écrivain. Leurs procédés ne sont pas les mêmes. L'écrivain travaille à ses heures, l'avocat, lui, ne choisit pas ses moments ; le premier peut prendre son temps, le second doit parler à jour et heure fixes ; l'un écrit après mûre réflexion, l'autre obéit à l'inspiration ; celui-ci pèse ses expressions, celui-là improvise ses effets. Et puis, et c'est le grand grief, l'avocat, par suite des nécessités de sa profession, soutient aujourd'hui une thèse juridique et demain plaidera peut-être le contraire : quelques écrivains n'admettent pas ces changements et ils critiquent, de façon peu charitable, ce qu'ils ne comprennent pas. D'autre part, pour eux, la profession d'avocat rend l'esprit indécis ; à force de voir des affaires, l'avocat voit mal. « Les avocats, dit l'abbé Dubos, sont communément plus savants que les juges ; néanmoins, il est très ordinaire que les avocats se trompent dans les conjectures qu'ils font sur l'issue d'un procès ». Mais, si bien ces critiques présentent quelque fondement, il ne faut pas tomber dans l'exagération et suivre les hommes de lettres,

qui tirent d'observations vraies, de fausses conséquences, pour
ne pas voir clairement le rôle de l'avocat.

Voyons donc ce qu'est, en réalité, un avocat.

Un citoyen a un procès. Il lui faut se présenter devant des
juges, exposer son affaire, déduire ses droits, les mettre en
lumière. Mais, pour ce faire, il est inhabile, il connaît peu les
lois, il ne sait pas parler en public. La nécessité le conduit à
s'adresser à un homme, ayant précisément pour spécialité de
savoir les lois et de bien parler, qui devra d'abord le conseiller,
puis lui prêter son concours. — Un autre est en prison. Il doit
comparaître devant le Tribunal correctionnel ou la Cour d'assises. Est-il innocent? N'a-t-il qu'à implorer l'indulgence?
Qu'importe : il a besoin d'un conseil, d'un appui, de quelqu'un
capable de discuter l'accusation ou de trouver des atténuations.
Il demande un avocat.

Ainsi, l'avocat exerce une profession. Sa mission est double :
« Tantôt il fournit à la justice les justes poids qui doivent
peser dans sa balance, en exposant devant elle toutes les considérations qui militent en faveur de l'un ou de l'autre côté de
chaque question ; tantôt il met sa parole, son talent, son énergie à la défense d'un accusé. »

Voilà son rôle. Comment va-t-il le tenir ?

Avant tout, l'avocat est un homme. On se plaît trop souvent, — et c'est ce qui irrite quelques-uns, — à faire de l'avocat un être à part. Non, il n'est ni meilleur ni pire qu'un autre

homme ; il appartient à l'humanité, il aura ses passions. On l'a pris tout jeune ; on l'a instruit ; il a traversé des écoles, subi des épreuves, conquis des grades. Un beau jour, le voilà affublé d'une robe noire plus ou moins tachetée de blanc, debout devant une barre, soutenant les intérêts d'autrui. N'est-il pas évident qu'il remplit son rôle sous l'influence de son tempérament, de son caractère, de ses instincts ? Seulement il a, — sur les autres hommes qui exercent d'autres professions, — un avantage : il fait partie d'une corporation qui a ses traditions, ses règles, ses principes ; il n'a pu y entrer et ne peut s'y maintenir qu'en les respectant et observant strictement. Voilà ce qui fait sa supériorité : elle est une résultante du milieu où il vit. D'autre part, il parle devant d'autres hommes qui l'écoutent, l'apprécient, dont il doit gagner la confiance, et a, pour adversaire, un confrère dont il s'efforce de mériter la sympathie et l'estime.

Mais, il ne suffit pas à l'avocat d'apporter à la barre la plus grande loyauté et la plus certaine franchise, de ne jamais abaisser sa dignité, et de conquérir, par ses actes et sa conduite, le respect et l'estime. — Une de ses constantes préoccupations doit être d'*arriver à bien parler et de se perfectionner chaque jour dans l'art de la parole.* Et, de là, cette conclusion que l'avocat est un *artiste,* car, toujours, il doit tendre vers le Beau.

« Il est un artiste, dit M. Paignon, comme le peintre et le sculpteur. Au lieu d'opérer sur la toile et le marbre, il opère sur les mots. Face à face avec sa matière, il va la mettre en œuvre, en y déposant l'idéal que rêve son âme. »

Lorsque vous assistez à la discussion d'une question de droit qui met en jeu la fortune, l'honneur même d'un homme, lorsque vous voyez les efforts de l'avocat défendant les droits à lui confiés, malgré vous, vous vous intéressez, et, si la cause soutenue vous paraît juste, vous suivez celui qui veut faire triompher l'équité, qui veut atteindre l'idéal pratique de la justice, le *Vrai;* — de même, aux Assises, si vous croyez à l'innocence de l'accusé, ou seulement à son irresponsabilité, vous vous sentez instinctivement entraîné par le défenseur qui, s'appuyant sur des principes d'humanité, de moralité, de liberté, éveille en vous l'idéal du *Bien.* Mais cet « avocat d'affaires », ou cet « avocat d'assises » ne vous intéresse, passionne ou entraîne qu'à la condition de vous séduire et convaincre, et, pour obtenir ce résultat, il faut forcément qu'il tende vers l'idéal esthétique, l'idéal du *Beau.* Que servirait au peintre d'avoir un sentiment très vif de la nature, s'il ne pouvait le traduire que grossièrement sur la toile ? Que servirait à l'avocat de savoir le droit, d'aimer le vrai, de connaître et d'excuser les passions des hommes, de vouloir le bien et le juste, s'il était impuissant à faire partager ses idées, à faire adopter ses opinions ? — Comme le peintre, l'avocat doit être un artiste, c'est-à-dire rechercher le Beau. Sans cela, il pourra être un jurisconsulte éminent, un profond psychologue : il ne sera jamais un avocat.

Et il est aisé, par la simple observation, de se rendre compte de ce côté artistique de la profession d'avocat, qui la domine et en est un des traits essentiels. L'avocat qui plaide, au Civil ou au Criminel, est désintéressé — matériellement — quant à l'issue du procès : d'où vient donc qu'il met tant d'ardeur à vouloir triompher ? — Voyez cet avocat qui se tient debout,

près de la barre, écoutant attentivement la lecture d'un juge-
ment... Le procès est-il perdu ? il éprouve un violent dépit,
il semble que ce soit lui qui vient d'être condamné. Ses conclu-
sions sont-elles adoptées ? il est heureux : est-ce uniquement
parce que son client gagne quelques écus ? — Non, c'est parce
qu'il a conscience d'avoir fait son devoir, d'avoir bien rempli sa
mission ; en effet, il a réussi à faire adopter sa conviction par
les juges, il a fait valoir, avec succès, les arguments qui mili-
taient en faveur de sa cause. — Allez aux Assises... L'accusé
est déclaré coupable : les traits de l'avocat se contractent, il
est pris de pitié pour ce malheureux, peut-être n'a-t-il pas dit
tout ce qu'il fallait dire ! peut-être n'a-t-il pas su prendre l'affaire ! L'accusé est acquitté : l'avocat est envahi par une
grande joie mêlée d'orgueil ; est-ce parce qu'il vient de contri-
buer à soustraire au châtiment un misérable qu'il peut supposer coupable ? — Non, sa satisfaction, sa joie, son orgueil ont
une autre cause, d'un ordre plus élevé ; c'est la satisfaction,
c'est la joie, c'est l'orgueil de l'artiste qui vient de triompher.
Il a séduit le jury, il a emporté sa conviction, il a bien plaidé,
il a bien parlé. Que lui importe que la société ne soit pas ven-
gée ! Il n'est pas un juge. Son devoir, son rôle était de défendre
son client ; son arme était la parole ; il s'en est servi en artiste,
il a persuadé, il a vaincu.

Mais, si l'idéal esthétique, c'est-à-dire arriver à bien parler,
est un des buts principaux vers lequel doit tendre l'avocat,
que de difficultés pour atteindre ou essayer d'atteindre ce
but !

Paillet n'a-t-il pas dit : « Donnez à un homme toutes les qua-

lités de l'esprit, donnez-lui toutes celles du caractère ; faites
qu'il ait tout vu, tout appris et tout retenu ; qu'il ait travaillé
sans relâche pendant trente ans de sa vie ; qu'il soit à la fois un
littérateur, un critique, un moraliste ; qu'il ait l'expérience
d'un vieillard, l'ardeur d'un jeune homme, la mémoire infaillible d'un enfant ; faites enfin que toutes les fées soient venues
s'asseoir successivement à son berceau et l'aient doué de toutes
les facultés, et, peut-être, avec tout cela, parviendrez-vous à
former un avocat complet. »

Le « peut-être avec tout cela » est vraiment charmant.

D'autre part, dans presque tous les ouvrages traitant de l'art
de la parole, se trouve inévitablement une citation du *De
Oratore :* « Il faut que l'orateur ait la sagacité et la force de
raisonnement des philosophes, un enthousiasme approchant
de celui des poètes, la mémoire des jurisconsultes, l'action et
le geste des meilleurs acteurs ». Cela est certainement exact :
c'est même le moyen presque infaillible d'être un grand avocat ; mais si on admet ces « conseils » dans leur absolu et si
« tout cela » est nécessaire pour être avocat, le Barreau aura
des chances de devenir désert, car, sans vouloir offenser per-
sonne, ils ne sont pas nombreux ceux qui peuvent aspirer à
l'*acumen dialecticorum,* pratiquer les *sententiæ philosophorum,*
avoir *verba pene poetarum* ou imiter la *vox tragœdorum.* — Il
faut peut-être moins demander.

Beaucoup d'auteurs ont, longuement et savamment, étudié
les nombreuses conditions indispensables pour arriver à bien
parler. Laissant de côté la nécessité d'être un honnête homme
et un homme de caractère, d'avoir fait de bonnes études clas-
siques, d'avoir reçu une instruction solide et complète, et enfin
de connaître les principes du Droit, on peut, ici, indiquer quel-

ques-unes des difficultés que l'avocat rencontre sur sa route et qu'il doit s'efforcer de surmonter.

Une des premières est d'observer le *ton des choses*. Telle affaire exige de l'ampleur, de la véhémence, du mouvement ; telle autre demande, au contraire, de la netteté et de la simplicité. Dans celle-ci, pour démontrer la mauvaise foi de la partie adverse, l'ironie et les mots mordants sont en situation ; dans celle-là, il faut toucher, par suite se montrer ému, persuasif, pour amener peu à peu les juges à la pitié. L'avocat doit saisir ces nuances, les mettre en pratique sans effort, naturellement, sans paraître les chercher. Aussi, combien supérieur est celui qui sait plier et changer sa forme suivant les circonstances et selon les causes !

Il importe également de porter son attention sur le *plan,* la *disposition,* la *méthode.* La plupart des auteurs qui ont étudié l'art de la parole, exposent les règles de l'*exorde* « qui doit instruire le juge et le disposer en faveur de la cause », vantent l'*exposition,* laquelle « doit être noble, rarement sublime et d'un pathétique court et modéré », montrent l'importance du *fait* et de la *narration* qui, selon Quintilien, doit être « claire et vraisemblable », font l'analyse des *divisions* et des *preuves,* énumèrent le jeu complet des *passions,* et enfin, chantent les mérites et les séductions de la *péroraison.* — On ne saurait que se reporter à ces utiles études. Cependant, qu'il soit permis de rappeler l'avis de Dupin, prétendant, qu'en l'espèce, l'observation et l'expérience, surtout le désir de bien faire, servent plus que les ouvrages les plus érudits : « Dans mes premières causes, dit-il, et avant d'avoir acquis cette expérience que donnent seules la pratique et une observation réfléchie sur les mérites et les fautes d'autrui et sur ses propres aventures, j'expliquais mon fait en peu de mots, d'une façon sèche, aride et peu travaillée ; j'arrivais ensuite au droit, et, fraîchement sorti des écoles, les citations des lois romaines, d'auteurs et d'arrêts ne manquaient pas. Les juges en paraissaient peu touchés. Les vieux avocats, au contraire, épluchaient leur fait, cherchant à prévenir les juges en faveur de leurs clients, combattant le droit avec l'équité, et soignaient le chapitre des considérations. Je m'aperçus de l'effet que cela produisait sur l'esprit des magistrats. Je modifiai donc ma méthode : je travaillai mieux mon point de fait ; je supprimai une grande partie de ce qui tenait à l'érudition et m'attachai à donner à ma discussion une marche plus serrée, plus rapide et plus vive. »

Bien connaître son procès, choisir ses arguments, déduire des raisons toujours appropriées à la cause, est encore une nécessité pour l'avocat. « Un avocat, disait Me Marie, est un homme qui, les yeux bandés, doit frapper avec un marteau sur un clou placé au milieu d'une planche. Il frappe en effet avec force. La foule admire la vigueur et le bruit retentissant des coups. Mais, quand on regarde la planche de près, le clou est toujours là, nullement enfoncé. Le clou, c'est le point à plaider..., et combien d'avocats manquent le clou toute leur vie ! »

Joignez à tout cela *l'émoi que l'on éprouve à parler en public.* Comme le remarquait, racontant ses débuts à la tribune, un écrivain élu récemment député : « On a bien préparé son affaire; on connaît son sujet; tout à coup un mot vous vient sur les lèvres à la place du mot juste; on prend peur; il se fait dans le cerveau un trou, comme si un coup de pompe l'avait vidé. Et alors les paroles qu'on prononce mécaniquement sont incohérentes ; on est comme un piano sur lequel on essaierait de jouer un air, alors que les cordes sont brouillées et ne corrèspondent plus aux touches. » Aussi, que de peines et quelle lutte continue pour arriver à être maître de soi ! C'est une préparation de tous les jours. Et il est malheureusement à remarquer que notre éducation ne nous dispose pas du tout à parler en public. Le silence est recommandé à la jeunesse comme une sorte de pudeur. Dans les lycées, on ânonne une leçon, on lit un devoir, et c'est tout. Il n'y a pas d'exercice d'improvisation. C'est un tort, car l'art de la parole s'apprend, et, pour être orateur, il faut toujours, plus ou moins, avoir mâché les cailloux de Démosthène.

Mais, ce sont précisément ces nombreuses difficultés à vaincre qui font l'attrait de la profession d'avocat. Que serait, en effet, cette profession si, en outre du travail matériel exigé chaque jour, il n'y avait pas ce côté artistique qui relève, encourage, stimule, passionne ! — Un avocat ne serait qu'un simple homme d'affaires, connaissant le Droit, passant sa vie à écouter les doléances de ses clients pour les répéter aux juges.

Et, d'autre part, n'est-ce pas la culture constante de l'art de la parole qui donne au Barreau sa supériorité ? — « L'éloquence, a dit Villemain, est la première puissance et la première sauvegarde. »

Aussi, quelle place elle tient dans l'antiquité ! On sait combien grand était le développement de l'art oratoire à Athènes : il suffit de rappeler les noms de Gorgias, Périclès, Phocion, Démade, Demosthène. Quant à Rome, son histoire est l'histoire

de l'Éloquence. D'abord grave, sévère, avec quelque chose de
belliqueux, — puis plus poétique, soumise aux lois de l'imagination, — elle devient altière avec Caton, Antoine, Hortensius,
inspirée des souvenirs glorieux, — pour enfin atteindre son
apogée avec Cicéron. Et, la supériorité de la « parole » était si
vraie à Rome, que, lorsqu'il y avait encore des avocats « con-
sultants » et des avocats « plaidants », ces derniers étaient de
beaucoup plus considérés. Quintillien regarde l'avocat « consul-
tant » comme une sorte de praticien subalterne.

Le Barreau français a toujours tenu en honneur l'art de la
parole. Si on lit, en effet, l'histoire de l'éloquence judiciaire en
France, on trouve déjà dans le Barreau ancien cette constante préoccupation d'arriver à bien parler ; il n'y a qu'à citer
les noms de Lemaître, Patru, Cochin, Arnaud. Sous la Révolution l'Ordre est détruit, les avocats dispersés : les uns mon-
tent sur l'échafaud ; les autres, pris de découragement, se
livrent à des travaux de jurisconsultes. Cependant, à cette
époque, les avocats jouent un grand rôle et certains s'illus-
trent, non pas exclusivement parce qu'ils se font les cham-
pions d'idées généreuses de justice et de liberté, mais surtout
parce qu'ils se montrent grands orateurs. La tempête révo-
lutionnaire passée, sous l'influence d'une littérature nouvelle,
le Barreau renaît et brille bientôt du plus vif éclat. « Les
déductions deviennent serrées, la clarté règne partout, l'action
et le mouvement prennent le premier rang. » Puis, les plaidoiries écrites disparaissent. On accorde plus de part à l'improvisation qui va devenir, comme le dit Mᶜ Allou, le signe distinc-
tif de l'Éloquence moderne.

C'est sous l'impulsion de cette rhétorique nouvelle qu'est né
le Barreau contemporain auquel, certes, on ne peut adresser le

reproche de négliger l'art de la parole. Après les Dupin, les Chaix d'Est-Ange, les Berryer, les Dufaure, les Mathieu, voici Me Lachaud, l'avocat des passions, le modèle de l'improvisation en ce qu'elle a de convaincant, — Me Rousse, qui eut le périlleux honneur d'être bâtonnier pendant la Commune et qui tint son rôle avec la même fermeté et la même grandeur modeste qu'il apporte à la barre, — Me Allou, un véritable artiste de la parole, aux discussions ornées de toutes les fleurs de l'élocution, — Me Bétolaud, réputé pour son style exact et son éloquence savamment sobre,— Me Falateuf, aux délicatesses exquises et à la sensibilité profonde, — Me Caraby, l'avocat séduisant avant tout, à la voix bien timbrée qui émeut sans rien de tragique,— Me Cléry, à l'éloquence ironique, pleine d'esprit et de comique mordant ; — Me Barboux, précis, méticuleux, un maître par sa solide dialectique ; — et encore, pour ne citer que ceux-là, MMes Cresson, Lenté, Demange, Gatineau, Durier.

Citer ces noms célèbres et justement réputés est la meilleure réponse qu'on puisse faire à certains esprits qui, armés de comparaisons redoutables, proclament que l'éloquence judiciaire a perdu son ancien éclat et que même son existence est devenue précaire. Ils oublient que tout, même l'éloquence, est soumis aux nécessités du temps, doit suivre les transformations qui modifient les mœurs, les habitudes, les manières d'être et répondre aux besoins nouveaux, nés du progrès.

Nous ne sommes plus, en effet, à l'époque de ces grands et passionnants procès politiques que suivait, attentive, l'opinion publique, et, dans lesquels, l'éloquence judiciaire remuait toute la nation. Aujourd'hui, il est bien rare de voir se transformer en tribune publique l'humble barre où se discutent les intérêts privés. C'est partout ailleurs que se prononcent les discours qui doivent bouleverser le monde, et, à supposer que l'éloquence judiciaire puisse encore se substituer à l'éloquence politique, combien elle paraîtrait pâle à côté des virulentes harangues qui se débitent chaque jour ! Au point de vue politique, le rôle de l'éloquence judiciaire est fini, car toujours elle doit être courtoise, honnête, calme, réservée, décente.

Une autre cause vient encore imposer des modifications à l'éloquence judiciaire. Dans ces dernières années une transformation complète de la richesse publique s'est produite ; l'industrie a pris des développements considérables et les opérations commerciales se sont centuplées. Dans ces mille conflits que les Tribunaux ont à trancher, l'avocat doit abandonner un peu les ornements inutiles, les parures luxueuses d'une rhétorique élevée pour s'efforcer d'être précis, clair, net, rapide.

Et, enfin, il faut bien tenir compte de la grande influence que la littérature exerce et doit exercer sur l'art de la parole ; en effet, lorsqu'on étudie, dans son ensemble, la marche de cet art, ses phases, ses transformations, on s'aperçoit vite qu'il a des évolutions parallèles et connexes à l'art d'écrire.

On peut dire que l'histoire de la parole comprend quatre évolutions : le style d'*érudition,* celui de l'ancien Barreau, alors qu'on a plein la tête des latins et que règne le plaidoyer écrit long et savant ; le style de *clarté* qui, au début du siècle, vient réagir contre le précédent, avec l'avénement de l'improvisation ; le style d'*imagination* qui naît sous l'influence des ro-

mantiques, avec ses ornements et ses « envolées » ; aujour-
d'hui semble vouloir prendre le premier rang le style d'*analyse*, avec la recherche du mot juste, la simplicité voulue,
l'horreur de la tirade.

Quelles sont, en effet, les tendances littéraires nouvellement
écloses en ces dernières années ? — Exagération du souci de
la forme, adoration de la phrase écrite et de l'épithète rare,
imitation plus ou moins avouée des procédés inventés par
Flaubert ou les de Goncourt. Le domaine de la poésie est pro-
gressivement envahi par l'esprit raisonneur, — ratiocinateur,
comme diraient les plus modernes. Les pensées subtiles, dites
en style très compliqué, dominent. On médite la vie, au lieu de
la vivre. On raisonne de tout, ce qui est le pessimisme même.
Ce ne sont plus des livres vivants, sains, largement panthéistes
qu'on écrit, ce sont des œuvres alambiquées, raffinées, presque
maladives. De jour en jour nos écrivains deviennent moins
spontanés, moins personnels, de moins en moins rêveurs, de
plus en plus savants philosophes, surtout analystes. Faut-il
applaudir à ces tendances ? — Question délicate. Ce qu'il y a
de certain c'est qu'elles existent, qu'elles progressent, qu'il
faut compter avec elles. Du reste, ce ne sont point en elles-
mêmes que ces théories peuvent être nuisibles. Elles ont donné
de précieux résultats. Pour la plupart, les maîtres du roman
contemporain procèdent de cette école de méticuleuse analyse
psychologique, à laquelle nous devons des caractères, des
types symbolisant un ridicule, un vice, une maladie morale :
Sapho, Madame de Moraine, Lazare, M. des Esseintes. Mais
cette école, exclusive un peu, beaucoup de parti pris, conduit
à des exagérations et, — de même que le romantisme a donné,
par certains médiocres sachant mal imiter, des monstruosités

littéraires, — elle entraîne après elle, comme toutes les écoles, une suite qui comprend mal ses principes, les rend absolus, en fait de fausses applications, tombe dans de grossières erreurs ; qui, à force de vouloir analyser, devient aride, sèche, sans imagination, et, pour vouloir tout exprimer par le détail, même l'inexprimable, finit par être incompréhensible.

On voit donc, par ces simples observations, que, chaque jour, la Parole subit des influences toujours nouvelles : ce sont nos mœurs qui changent, nos manières d'être, de vivre, de penser, qui se modifient, bouleversant nos idées sociales ou politiques, créant des besoins, enfantant d'autres aspirations ; ce sont les progrès incessants de l'industrie qui exigent des descriptions techniques, rendent les discussions difficiles ; ce sont les opérations commerciales multipliées qui, pour leurs solutions promptes, veulent une langue avant tout claire, précise, rapide ; c'est enfin l'esprit exact et philosophique qui domine la littérature et tend à soumettre la parole à sa justesse et à sa sévérité ; — moins de parures inutiles, plus de rigueur ; la fougue orageuse cédant le pas à l'inspiration de l'artiste qui veut persuader... avec des raisonnements.

Mais, transformation ne veut pas dire anéantissement. L'art de la parole, s'il se modifie, n'est pas encore enterré, n'en déplaise à ceux qui, — les plaidoiries de Cicéron, de Démosthène ou de Berryer sous le bras, — s'en vont, criant à la décadence, proclamant partout que l'art de la parole se meurt, qu'il est mort. Sans doute, bien parler n'est pas à la portée de tous ;

mais, tout avocat, quelque modeste soit-il, doit avoir pour but d'y arriver. Peut-être restera-t-il en chemin ? Qu'importe : il aura entrevu et poursuivi le Beau, — ce qui est déjà beaucoup à notre époque de science, de scepticisme et d'argent ; et, d'autre part, il aura compris son rôle, fait ce qui est nécessaire pour le tenir honorablement. Quelle est, en effet, l'arme dont se sert l'avocat pour faire valoir les intérêts qui lui sont confiés, si ce n'est la parole ? Quelle est sa spécialité, sa raison d'être, si ce n'est bien parler ? N'est-ce point là ce qui explique sa mission, ce qui la justifie, ce qui permet de répondre victorieusement aux critiques formulées ? N'est-ce pas enfin ce qui fait sa supériorité et sa puissance, ce qui relève, attire, passionne, encourage dans cette profession difficile entre toutes ? — Ils font œuvre mauvaise ceux qui voudraient détruire ce coin d'idéal, faire disparaître cette étoile qui brille, au milieu des tourmentes de la vie journalière, pour réconforter et indiquer le vrai chemin. Qu'ils prennent garde ceux-là ! car le jour où, pour le Barreau, finira l'art et commencera l'industrie, le Barreau aura cessé d'être.